晨間微風

小詩集

鄧駿福 著

序

詩，最美的戀人
有她的日子
百憂解

2012年
高雄苓雅寓所

目錄

序..3

愛（一）..12

愛（二）..13

美濃紙傘..14

希望..15

偶感..16

快樂..17

童畫..18

森林浴..19

冷戰..20

爹地和媽咪..21

天梯..22

台北、綠島..23

致仙人掌..24

爭鋒..25

吉他手..26

警訊..27

夏..28

氣球（一）..29

氣球（二）..30

晾衣..31

繁星點點..32

桃花...33

枕邊人...34

午後即景.......................................35

青草集...36

跳格子...37

對眸...38

玫瑰二帖.......................................39

明鏡...40

秋葉（一）.....................................41

姿...42

繽紛二行六帖...................................43

聆...45

春光...46

眼睛...47

旅次...48

小詩2帖..49

牆...50

晨間微風.......................................51

眼...52

小舟...53

忙...54

仲夏...55

閱、讀...56

晚餐...57

感覺...58

台北101..59

葉..60

宇宙..61

童話..62

鏡（一）..63

鏡（二）..64

無品功夫..65

秋晨..66

髻..67

問..68

看戲..69

舞台..70

一夜情..71

小丑..72

寫真集..73

大同世界..74

藍調..75

烏雲..76

島嶼快樂..77

戀人..78

嘗鮮了嗎？..79

雲、雨..80

漆..81

小詩2帖..82

世風..83

高度...84

早餐...85

名嘴（一）..86

名嘴（二）..87

冬雪（一）..88

景點騷動..89

小詩7帖..90

茶帖（一）..91

茶帖（二）..92

鹽..93

春之頌..94

秋夜...95

湯圓...96

新戀曲..97

童詩7帖..98

貓..99

夢...100

晨鳥...101

小詩...102

醬汁...103

禪...104

快樂在那裡？.....................................105

閒...106

柔一點..107

鳥語花香...108

化妝舞會......109

懷春......110

初春......111

對窗（一）......112

對窗（二）......113

蝶（一）......114

蝶（二）......115

小詩點唱......116

壺茶，杯盞......117

弦......118

放空......119

政客......120

鼻......121

青梅竹馬......122

彩蝶......123

同心圓......124

歲月流轉......125

電話情人......126

咽喉......127

西子灣......128

耳......129

無題（一）......130

無題（二）......131

無題（三）......132

手......135

伊霧樣的眼眸 136

百憂解 137

賞（一）... 138

賞（二）... 139

傘 140

戲角 141

歲月點唱9帖 142

問題 144

貴婦 145

二行詩一束 146

街巷風景 147

花語 148

小詩（一）.. 149

小詩（二）.. 150

小詩叢4帖 151

情人節 152

你在何處 153

生活禪 154

眸 155

小詩5帖 156

島嶼之歌 158

輯一、俳句宇宙 158

輯二、二行詩世界 161

輯三、小詩翩翩 164

輯四、我、影子及其他景點 168

小詩六款..170

四季小調..172

輯五・繁花朵朵...174

小小詩卷11帖...177

輯六・星光點點...180

人和書...183

童謠...184

小詩卷...185

書後記...187

愛（一）

是
　春風、夏雨、秋月、冬雪
　　夜以繼日
　　　純
　　　潔
　　　的
　　　沐
　　　浴
　　　大
　　　地

愛（二）

開展它七彩美麗的
翅膀　引領飛行

天空，鑼鼓協鳴
原野裡詩句　同頌

憂鬱的夢　羞愧
不再糾纏

2009.6
創世紀詩雜誌159期

晨間微風
小詩集

美濃紙傘

景仰也罷　即興也好
從四面八方來　呼吸
既美且濃的傘香
一撐開，見漢唐亭閣花鳥……
閣上它，優雅的風姿已握在手中
借問師傅　伊一生
拒絕過幾許日曬雨浸？

2001.4.14
台灣時報副刊

希望

「稚嫩的樹，快點長大
甜甜的夢，請慢慢縮小。」

兒時希望
織成一幅線條優雅的畫
長在美麗的詩裡……

2000.11.9
中央日報青年園地

偶感

例假日出遊
一些步履
醜陋且粗俗
被踩痛的山水
總有悲涼的夢魘

我偕同我的戀人
攬勝，或許
態度溫文舉止優雅
受尊重的風景，一路上
微笑相迎

2004.2.15
葡萄園詩刊161期

快樂

快樂在那裡？
趕遠路的流水不理睬，
愛妝扮的雲朵未回應。

快樂是什麼？
爸爸忙碌掙錢沒興趣，
老師計較成績怒睜眼。

我好睏喔！
媽咪說：
「睡吧！美妙的七彩故事在夢裡」

2002 年
2009.11.15 葡萄園詩刊184期

晨間微風
小詩集

童畫

米老鼠湖央戲月
俏花貓岸堤吹鬚

2019年

森林浴

樹神可知？
祢我的吐納間

是　舒展飄逸的美姿
和　青春飛揚的歡顏

2012.5.15
葡萄園詩刊194期

冷戰

玉雕的
三角圓桌上端坐
一壺熱氣
氤氳的冬茶
鴛鴦杯盞裡，斟滿
風……

2000年冬
台北中央日報青春園地

爹地和媽咪

昨天
爹地問我　「你數學考幾分?」
今天放學
我比太陽晚回家

早上
媽咪問我　「你在校快樂嗎?」
下午放學
我背了一書包的陽光回家

深夜時分
我悄悄告訴星星
「我愛媽咪
　怕爹地」

1998.5.22
自由時報副刊

晨間微風
小詩集

天梯

這世界形形
色色……
我鮮嫩嬌嬈凹凸曲線
是一只攀登雲峰的
梯

2011.3.15
創世紀詩雜誌166期

台北・綠島

台北雲低樓高晨鳥迎曦
綠島波濤浪危飛魚潛航

2019年

致仙人掌

你睿智抽離塵囂
迢迢千里，回到
廣袤的原鄉
因為綻放

「太愚蠢了，那兒
荒涼、貧瘠
日噬、月寒
躍動的小小精靈　咨嚕
無視你舒掌招手的渴望……」

燕去燕歸
天空燃燒過後
坐在雲端的庸俗，下窺
無盡伸展的沙礫裡
一排一排昂揚的綠
見證你當初圓夢的堅持

2003.7
乾坤詩刊 27期

爭鋒

一襲唐代豐腴蓮步婀娜
台北長安街巷風雅優美

吉他手

調準春秋，撥動心弦
不譜過往雲煙
不畫未來彩虹
彈彈唱唱今天的
風景

2002.4
乾坤詩刊22期

警訊

夏雪了，夏雪了

冬火呢？冬火
距離我們不遠處——

南極
蠢蠢遷徙

（雲端上的權勢　庸俗
仍未興起節能減碳的慈悲）

2008.9.15
創世紀詩雜誌156期

晨間微風
小詩集

夏

西瓜開門
河床嫣然

2019年

氣球（一）

風，驅走愚駭
雲，輕挪舞步
你們祇須餵飽，然後鬆綁
我們有智慧有張力
將微笑高掛藍綢上
讓幸福臉龐
昂揚

2002.6.15
笠詩刊229期

氣球（二）

大清晨吃飽早餐
我們穿上漂亮的衣裳
在藍天裡愉快地旅行
我們飛過高山
越過大海　向
太陽公公請安
白雲姐姐招手
青鳥叔叔敬禮
誰知道風嬸嬸突然來個噴嚏
嚇得我們
有的亂翻觔斗
有的猛跳恰恰
還有的，一躲
就不見了

2000.12.22
中央日報青春園地

晾衣

偌大藍綢上，在
春暉的聚光燈下
流動
　　　　飛舞
啊！
　　　美麗的
　　　　　小小小仙子

2020年

繁星點點

1.
小齋裡咀嚼鄉情，
星野下推敲詩句。

2.
山水有韻，滌心淨耳，
孵出千幅萬幅好風景。

3.
歲月匆匆，一尾憂鬱在記憶長河
載歌載舞。

4.
千花叢內，啜一盞春蜜，
萬樹蓬下，耕一畦秋意。

5.
時間繼續流浪，情思起伏時，
惟孤獨譜出迷人的旋律

6.想像著
「清風湖央揚琴，彤雲髮上曼舞。」
足夠歡樂一整天。

桃花

春笑我為大眾情人
蝶說我是他的外遇
蜂因我情飛意昂
桃紅嬌嗔
「美艷豈是一種甜蜜糾纏？」

2010.8.15
葡萄園詩刊187期

枕邊人

風入花叢，雲戲月下

夜，愈沉愈香
愛，愈浸愈酸

不時與我捉迷藏者
唉！聲息相聞的
他

2011.9.15
創世紀詩雜誌168期

午後即景

東街步履，匆匆忙忙
西巷阿喜，悠閒自在
雲端上的金鍍球
線條簡明，逕自
將地面上的身軀齊一
瘦——————長

2005年夏
乾坤詩刊36期

晨間微風
小詩集

青草集

烏雲為了遮醜
不惜蔽日暗地

2019秋

跳格子

小時候和影子跳格子
左左右右　前前後後
左前右後　前左後右
總閃不出格子框住的
孤寂

2019.12

對眸

天朦朦亮
一朵迷人的情愫
穿過金色晨曦
吟詠
卻是風起珠簾捲
今日的思慕
已悄悄
繪上綺麗的回味……

2008.11.15
葡萄園詩刊180期

玫瑰二帖

黑玫瑰
　　陽光無私
　　讀我一生不變的
　　純黑
　　你若是真心扶持
　　請比照太陽
　　接納我堅持的
　　血統

紅玫瑰
　　當艷麗醞釀成一種糾纏時
　　她冷冷說：「幸虧我身上長了刺。」
　　卻見——
　　戀人時常捧著她，
　　去刺探愛情的溫度

2001.5.23
台灣時報副刊

明鏡

以純淨之姿
在熙來攘往的候車室
不分晝夜　收放
陌生的身影
熟悉的聲音

四時遞嬗　祝禱
逐夢遠征的青澀
思鄉歸巢的倦鳥
每一步履皆蘊含
禪意

2011.8.15
葡萄園詩刊191期

秋葉（一）

汲飽了甜言蜜語的愛情
從雲樹上一句句舞下來

2001.9.15
創世紀詩雜誌128期

晨間微風
小詩集

姿

擺一個悠閒姿態
微笑招呼
璀璨雲霞奪目
輕妙美聲敲耳
溫馨情思掛懷
讓凡常歲月長了翅膀
御風飛翔

2004.8.15
葡萄園詩刊

繽紛二行六帖

1.

　孩童純真唱歌跳舞，樂陶陶。
　天空歡呼大地鼓掌，喜孜孜。

2.

　風，視野淺隘，不閱讀雲的感覺。
　雲，泱泱度量，不輕忽風的思維。

3.

　琴弦正，音韻珠圓玉滑
　心神寧，思維空靈澄澈

4.

　希望、憂緒、喜樂
　「愛的同心圓裡」婆娑曼舞

5.

　俊秀翠鳥美妙之音，
　早於陽光沐浴大地。

晨間微風
小詩集

6.
　雲天絢麗而孤傲，
　大地繽紛卻苦悶。

　　　　　　　　　　2012.10
　　　　　　　　　　高雄苓雅

聆

聆一曲無聲
於莫名的喧囂裡
渾然
　　　忘我……

　　　　　　　　　　　　2020冬

晨間微風
小詩集

春光

鏗鏘一聲乍現

從山水攬住的明媚裡
從花卉綻放的嬌羞中
讀你

2008.8.15
葡萄園詩刊179期

眼睛

世界最淺底海
一隻塵菌
容不下的極限

1997.9.5
臺灣時報副刊

晨間微風
小詩集

旅次

日噬雨浸風塵剝
心急追不上藍天雲朵
晚上數不清夜空星宿
單獨在沒有表情的斗室
她臉上風景牽掛光影中
疲倦逃走前的一瞥
撫慰了他旅程的
孤寂

2002.6.15
笠詩刊229期

小詩2帖

1.
秋夜
星星微笑
垂釣鄉情

2.
風，四面巡邏
雲，八方遊賞
年輕綺夢　顧著
玩親親

2010.6.15
創世紀詩雜誌163期

晨間微風
小詩集

牆

以冷漠回應冷漠
你說：我形塑的一堵圍牆

以無情複製無情
我說：你構築的一道高牆

多少個我有多少牆
多少個你有多少牆

這是牆的日子
牆的世界

2010.11.15
葡萄園詩刊188期

晨間微風

淡淡臉頰上　吻
輕輕髮梢間　滑
柔柔花海裡　撩
簷下還有叮噹叮噹　在春鬧
卻尋也尋不著的精靈

直到——

一首嬌滴滴的小詩
從窗外縹緲處
婀娜走來……

2008.12
創世紀詩雜誌157期

眸海狹窄淺隘
一隻星塵拒絕同窗共寢

2010年

小舟

妳深情回眸一瞥
是千萬朵桃紅
汩出醉人春潮
在我渴慕的心湖裡
一葉愛的小舟
啟航了……

2001.5.15
台灣時報副刊

晨間微風
小詩集

忙

　　夜窗
　　忙著
　　忙著
　　數星星……

　　　　冷落了
　　　　　　一旁的
　　　　　　　　月

2009.12.15
創世紀詩雜誌161期

仲夏

夜　浪漫
柬邀江月
擒釣潛航的
星
星
星
一一點亮

2020年

晨間微風
小詩集

閱‧讀

閱情緒湧動時一絲孤寂
讀風雨停歇間千縷寧謐

晚餐

準是味美又爽口
月姐和星兒垂涎
躡手躡腳進屋來
分享
爸爸燉煮的　讚詞
媽咪烹調的　柔語
與一桌和樂洋洋的
甜點

2002.6.15
笠詩刊229期

晨間微風
小詩集

感覺

一切在劇烈變動中
眼明耳聰時
自己（或許有你）
天與地
愈來愈……

2011.3.15
創世紀詩雜誌166期

台北101

世界
花花又綠綠

高懸著的心事
風知雲曉

尊貴下的落寞
自己啜飲

2010.2.15
葡萄園詩刊185期

葉

大千世界裡
繁俗陋規制約下
借問
你扁薄的小小身軀
風風雨雨中
能承載幾多
愁

2010.3
葡萄園詩刊162期

宇宙

美妙的
無限・垠無

2021.6
高雄苓雅

晨間微風
小詩集

童話

蝴蟻雄兵涉海築夢
大象單騎駕雲摘星

2019年

鏡（一）

在我面前
晚霞假不了晨曦
一生以留真為職責
最難忠實確切映照的景點
卻是藏在紅塵方寸裡
千迴百轉的
澎湃思潮

2010.9.15
創世紀詩雜誌164期

晨間微風
小詩集

鏡（二）

盤坐、懸高、候客亭
晚霞、晨曦、海天處
祝福
每一步履蘊含禪趣

2020年冬

無品功夫

政壇小丑
施展無品功夫
白雲可以塗抹為黑霧
濁溪輕易描繪成清流

2011.11.15
葡萄園詩刊192期

秋晨

簷上朝露惺忪
猶滴還戀
繡窗徐娘慵懶
懨懨未粧

2019年

髯

頰上景點，雜而且亂。

　春風耕左耘右
　疏密有致
　秋雨剪修梳理
　濃淡有型

　　阿公的美髯

2019.9
高雄芩雅

問

問夢：「愛情那裡尋？」
　　　「找雲找雨去。」

問山居隱者：「快樂為何物？」
　　　　他微笑未語，坐看
　　　　行雲
　　　　流水

2003年

看戲

戲台上　演繹
人生風景

座位裡　調整
愁歡溫度

歸途中　燈下
誰的步履

2012.5.15
葡萄園詩刊194期

晨間微風
小詩集

舞台

春風秋月各領風騷
在美妙的宇宙裡
夏雨冬雪分擁場域
在紛擾的世界裡

一夜情

體味契合體味

各自解放
　密碼
各自鎖回

聚散一陣風
翌日，陽光依常普照

2011.3.15
創世紀詩雜誌166期

小丑

舞台上，小丑扮演：
阿諛當珠璣
謊言為號角
權謀在股掌中翻騰
機詐在顧盼間盤算

島嶼瘋狂

2006年

寫真集

掌鏡者，將
凹凸的誘惑
惹火的線條
剪接成一幀幀
迷人的風景
令
天地增色

2010.8.15
葡萄園詩刊187期

晨間微風
小詩集

大同世界

歡愁憂樂，辣苦酸甜
在同心圓裡攜手婆娑

2020年
高雄苓雅

藍調

他
難忘掙扎著從無弦琴上煎熬滑溜下來的
痛

2009.12.15
創世紀詩雜誌161期

烏雲

藏汙納垢
政壇小丑的德性
醜聞紛飛
高層骯髒的劇本

不倒權貴
一番遮天蔽日翻攪
你，遂成為他們的掩體

島嶼沉淪

2009 年

島嶼快樂

清晨時分
一群快樂鳥
相約千紅萬綠叢下
手牽手，圍圈圈
踏　健康步伐
舞　優美旋律
輕‧柔‧流‧暢
太陽攀登高峰聆聽
彩雲駕御風帆欣賞

島嶼快樂

2005年

晨間微風
小詩集

戀人

孤獨同在
風雨同沐

長長久久歲月裡
氣了　罵了　怨了

綿綿密密互動中
憂他　想他　愛他

2008年

嘗鮮了嗎？

煙霧困圍下
政治小丑沿街叫賣——
沾染顏色的圖騰
唾滿唾液　議題
蜜糖烘焙　謊言
諂媚黏糊　承諾

島嶼！你嘗鮮了嗎？

2008.5.15
葡萄園詩刊178期

雲・雨

雪白之
雲，舔淨星空之後
雨，不再侵窗敲耳

今宵美夢

2008.11.15
葡萄園詩刊180期

漆

暴露於　日噬　雨浸　風剝
裸顯於霄壤　三二〇一天
屬於娜娜的那方小築
那方小築的娜娜　要漆漆那方小築
漆漆那方小築的書齋
漆上鵝蛋黃漆
鵝蛋黃漆漆上娜娜那方小築的書齋
娜娜雅正優美
揮灑在鵝蛋黃漆的書齋裡

　　　　　註：1976.7.27刊於聯合報副刊
2020.3.15　千尋萬覓重逢，欣喜溢於言外
　　　　　　　　　特註

小詩2帖

1.
繁忙中偷點閒：
蘸墨潑畫，運筆孵詩，
讓生活禪趣處處，情飛趣昂。

2.
假日登高望遠，
詢及眼前山水美不美？
得言：「看看他人步履，
想想自己態度。」

2009.2.15
葡萄園詩刊181期

世風

視線經年累月被襲
世界的
　　　舉
　　　　止
　　　　　歪
　　　　　　歪
　　　　斜
　　　　　斜

　　　　　　　　　2019年

高度

池蛙
雄踞岩石上
舉天一躍
噗通
濺起千丈雪

（層峯冷眼）

2020夏

早餐

一隻俊俏海鳥　　盤踞在
冰清澄澈岩岸上
破曉時分
東方逸出的萬道光芒
讓牠通體沐浴

2000.11.4
聯合報副刊

名嘴（一）

巧妙粉飾為博學者姿態
瞄準島嶼包裝開講
口嘴裡啁滿特定議題的流涎
攪拌曲直製造內外
叫賣出去的串串顏色意識
來自他捕獲的風捉到的影
一撮體味相近氣息相濡的掌聲幫腔
喜孜孜的他擁盛名入囊厚利存庫
卻是背負著圖騰下班途中
乾乾淨淨的「真言」與「實話」
讓他……

2010.5.15
葡萄園詩刊186期

名嘴（二）

流涎
沾染了　顏色
攜帶假議題
高分貝
自幽暗深井裡
向外輻射
閃躲閃躲……閃不及
島嶼中了彈，自此

北傾
南斜

2010.12
創世紀詩雜誌165期

晨間微風
小詩集

冬雪（一）

夜霧漸濃
所有的夢都閤眼
漆黑舞臺裡
惟我獨白

2008.6
創世紀詩刊155期

景點騷動

春風幾度眷顧
山線嫵媚了
水域旖旎了
桃紅嬌羞情思昂然
景點騷動了

2019春

晨間微風
小詩集

小詩1帖

蝶問
我將姹紫嫣紅秀在枝椏上
你願喊我一聲春嗎？

2010.6.15
創世紀詩雜誌163期

茶帖（一）

真言茶甘
情切茶醇
吟詩一卷，山茶一湖
浮辭一疊，口乾舌澀

2020夏

茶帖（二）

沏山茶一湖細嚼
清香鑲崁脣齒
許是投緣　相與
春風一席
眉宇間禪意飛揚
再斟
詩情一串
通體酥酥然
微醺

2012.5.15
葡萄園詩刊/194期

鹽

一勺雨霑
百饌上味

2019春

春之頌

豔而不嬈
芳郁施與天
美麗獻給地
千姿百態
禪意舒

2020年

秋夜

書齋裡揮灑山水
星月下垂釣流螢
悠閒秋夜——
繪一幅「寶島行」
賦一帖「快樂鳥」

2020年

湯圓

芝麻開門——
粒粒晶瑩顆顆閃亮
歲月錘鍊精雕細琢
阿嬤的餐桌宇宙

2020夏

新戀曲

拿下懸垂於雲端
經年不彈的吉他
驅走琴面千層愁緒
調準春秋，撥動心弦
為新譜的戀曲藉優美弦律
將純純的情純純的愛
彈奏給滾滾紅塵中
尋覓到的一方知音

2001.1.14
臺灣時報副刊

晨間微風
小詩集

童詩1帖

腳

放假日來了
男的腳　女的腳　大的腳　小的腳
一起去登山、嬉水
為什麼
山不開心？水不快樂？
也許腳踩痛了山弄汙了水
其實，腳不醜陋　讓山青青
腳不粗俗　讓水藍藍

放假日來了
每一雙健康的腳　環保的腳
一起去畫青青的山
唱藍藍的水

2000.12.20
中央日報青春園地

貓

從
　千
　　山
　　　萬
　　　　崖
　　　　　騰
　　　　　　躍
　　　　　　　下
　　　　　　　　來
　　　　　　　　　的

　無聲旋律

2019.11

夢

醒來，已非我
未醒的，繼續編織……

2019年

晨鳥

一朵俊秀祥雲，翩翩
優雅降臨
舔頰啄髮
栽植的愛
美麗綻放

2020.6.15
創世紀詩雜誌203期

晨間微風
小詩集

小詩

1.
視線
從遠古的天際
緩緩迂迴返抵眼前
最美的景點乃
流瀉的
寂

2.
壺茶向圍坐在旁，
高瘦矮胖的杯子開釋：
「忠於原味，無涉尊卑。」

2009.2.15
葡萄園詩刊181期

醬汁

「政治考量」
一池不定時空就濺出來
極不衛生的
醬汁

沾上它
公平傾斜
磅秤失衡
花鳥亭閣
山與水

走樣
變調

2012.8.15
葡萄園詩刊195期

晨間微風
小詩集

禪

晨鳥慧點
萬道光芒下
乘風
看雲

2003.8.15
葡萄園詩刊159期

快樂在那裡？

鏡片裡那讀不懂的怪獸
筆尖下這數不清的符號
被罰站的學子　孤單
像教室外淋雨的
樹

爸爸坐擁迷戀的世界
媽媽也有流連的風景
被冷落的孩子　無助
是天空飄零的
雲

夜半時分
我仰望星星
「快樂在那裡？」

2002.10.4
中央日報青年園地

晨間微風
小詩集

閒

破曉時分
與太陽攜手登高
聽風又追雲

晌午，蟬聲黏在危枝上
將瀟灑借給書齋
運筆寄情蘸墨留景

夜晚和風撫影
讓清涼驅走煙塵
星空下垂釣詩句

一天的故事　悠悠
閒閒　散步到夢裡

2001.11.15
葡萄園詩刊152期

柔一點

天
地
人
　柔一點
　　　　讓
　　　　雨露歡唱
　　　　花語嫣然
　　　　笑靨優雅

2004.5.15
葡萄園詩刊162期

鳥語花香

轉換一個角度
領略優雅樂章

排除塵務紛擾
擺脫陋習羈絆

編織規律諧振
修持自在平衡

智慧御風滋長
慈悲騰雲增高

在小小宇宙裡
心定　意美
笑納舒坦清新的
鳥語花香

2012.5.15葡萄園詩刊194期
葡萄園創刊五十周年小詩得獎作品

化妝舞會

曲盡
舞罷
臉譜卸下時
啜不完
那寂寞……

2002.5.15
葡萄園詩刊154期

懷春

排在香脣上
最美的一句情語
遲遲　不說出

鏤在芳心裡
最亮的三顆珍珠
久久　不掏出

許是桃紅醉人時
始微醺含羞
「我愛你？」

2010.2.15
葡萄園詩刊185期

初春

彩蝶
一朵一朵在雲帆上流動
沉鬱的天空
瞬間
　　七彩繽紛

2020.4
高雄苓雅

對窗（一）

笑靨優雅（夢裡迴盪）
雲髮飄逸（空中臨摹）
霧樣眸語（鏡央垂釣）

啊！
　　一幀迷人風景
　　金曦彩霞下
　　鄰家姑娘眺望
　　仿效……

2020.3
高雄苓雅

對窗（二）

天朦朦亮
思慕的情愫
穿過金色晨霧
吟詠
一首迷人的詩章
卻是風起珠簾捲
今日的寂寞
已悄然
躍上柳眉……

2008.11.15
葡萄園詩刊180期

蝶（一）

盛裝舞姬
擅自將秀出來的
春天，一行一行
掛在風帆上

2005.2.15
葡萄園詩刊一六五期

蝶（二）

優雅飛翔
是春之帆
舞出天空
美麗景點

2011.5.15
葡萄園詩刊190期

小詩點唱

1.
聆風，可以意會，
逐雲，就得用心。

2.
美麗舞姬翩翩，
依風曳著春悠遊……

3.
追雲逐月
人生筋斗，可曾攬得住一帖美景？

4.
典藏寂寞，夢清醒時
斟一盞　細細品嘗。

5.
拂塵除垢，思維澄澈
編織規律生活，維持自在的
慈悲和智慧。

壺茶・杯盞

淡雅濃郁，瘦高胖矮
我斟你酌，情投意合

2020.6
高雄苓雅

弦

弦，不眠不休
無畏風剝雨浸
尋回它迷失的音符
千載未歌的繾綣

今宵
原音重現

2004.8.15
葡萄園詩刊163期

放空

當一
北風不凜
秋月無詩
蟬聲缺席
春日失序時

放空

2003.11.15
葡萄園詩刊160期

政客

造神
弄鬼
愚人

踢正步橫行的
蟹

2020 年

鼻

恪遵公正立場
自由自在吐納
外來客卿
香與臭
出入二通道
相安無爭

2019.12

晨間微風
小詩集

青梅竹馬

擒一隻影子玩迷藏
兩小無猜添情誼

2019年

彩蝶

盛妝舞姬
踮腳玫瑰髮髻上
怯怜怜顫出
一季春

2019 年

同心園

喜樂承租時
同心園裡無藩籬
愁緒搬來日

2020年

歲月流轉

歲月流轉
憂喜糾錯

夢裡有青絲飄逸
鏡裡　銀髮依舊

2001.1.9
中央日報青春園地

電話情人

購張卡即擁有
情人——在電話那端
祇要你喜歡　不分晝夜
陪伴你
沁入耳膜的嬌聲嗲語
職業性的韻律節奏
撩撥你孤寂的心扉　渴飲
廉價愛情　是
每日每日下班後
置身冷漠的斗室
面對蒼白的高牆
讓你抑制的情愫得到些許撫慰？
雖知
情人屬於擁有卡的人
祇要他需要　不分晝夜
陪伴他

1977.5.12
臺灣時報副刊

咽喉

漆黑幽深的山谷
跌落下去
消失無蹤影

1997.9.5
臺灣時報副刊

西子灣

以一抹優雅淺笑
凝視天水處冉冉升起的
旭陽
啊！沉澱了一宵的詩
雙眸斟滿澄澈光

2001.12.15
笠詩刊/226期

耳

黏貼峭壁上的二座天線，擅長
刺探深宅內苑情事
收攬花街柳巷風景
隨即醃漬成八卦
任由刀嘴利舌切割
再論斤秤兩販售

2003.1
乾坤詩刊/25期

無題（一）

鹹漬海風吹皺藍天的笑靨，
齷齪意識騷擾綠地的祥和。
青春困惑於「本土非本土」論述中，
思維糾葛在「認同不認同」情結裡。
不仁的劃分：彼端亢奮此端焦慮，
敗德的區隔：肥了政客瘦了鄰里。
一種圖騰飄揚二款唱腔響起，
南南與北北的情誼觸礁停航。

2010.5.15
葡萄園詩刊186期

無題（二）

島嶼子民們
困於謊言號角的氛圍下
唉！日日
目迎一種圖騰
耳聞千樣唱腔
感受萬般無奈

2003.11.15
葡萄園詩刊160期

無題（三）

嗅到
基層裡豐饒的油水
雲端上迷眩的春藥
一部戴著面具的機器
鼓吹一款特定的號角
唆使粉飾巧扮的小丑
施展演練多年的無品工夫

　　　．

沿著風穿透的隙縫處插針
挑撥（敵營）已校正調準的弦
歡喜等待　琴音變濁演出……

　　　．

巧妙渾填滿各色顏料的武器
白雲可以塗抹為黑霧
濁溪輕易描繪成清流

．

策略運用一頂別有意涵的標籤
緊緊染在他髮上
牢牢織在他身上

．

設定假議題　掩護
從四面　輻射蠱惑的流涎
向八方　傳播分化的影音

．

被劇烈攪動的島嶼
謠風遮天
諑雨暗地
「敗德的畫分」侵蝕彼此的情誼

一處景點
　一半說醜
　一半說美

一種顏色
　一半信仰
　一半敵視

晨間微風
小詩集

一幅圖騰
　一半排斥
　一半擁抱
（雪亮之眸冷靜而慧黠
洞悉政客（媒）的樣貌）

2011.11.15
葡萄園詩刊192期

手

居上上位時
你，緩緩舒張
要布施還是收割？

在下下階時
你，緊緊握成拳頭
要出擊還是自衛？

其實方寸裡
善與惡的一念已底定了
要撥雲還是遮天。

2003.12.8
台灣新聞報副刊

伊霧樣的眼眸

伊霧樣的眼眸
乃綣繾之音符
總在相思時
那汲飽甜言蜜語的戀曲
即從琴弦上深情彈出
深情彈出……

2004.5.15
葡萄園詩刊162期

百憂解

我在心裡
升起一顆和煦太陽
寄情一幅明媚山水
釋出一份溫馨祝福
燃亮一點點　歡樂
斯是　天天
百憂解

2004.11.15
葡萄園詩刊164期

晨間微風
小詩集

賞（一）

伊攜著唐代豐腴之
線條婀娜漫步：於
我留連的長安街上

風知悉彼此的默契

2005.5.15
葡萄園詩刊166期

賞（二）

賞著賞著
天外縹緲的絢麗詩句
寂寞的情思
竟也
飛翔起來

2011.8.15
葡萄園詩刊191期

傘

畏天，所以為篷。
助人，因而成杖。

篷下：火不能噬、水不能侵。
執杖：除患扶傾、撥雲見日。

2003.4
乾坤詩刊26期

戲角

躍上政治舞台的戲角
視阿諛為珠璣
謊言當號角
權謀股掌上翻騰
機詐顧盼間盤算

島嶼瘋狂
島嶼焦慮

2006.2.15
葡萄園詩刊169期

歲月點唱9帖

1
飲一首詩　微醺
煮一個夢　隨緣

2
雲從不輕忽風的思維
風卻不閱讀雲的感覺

3
坐在雲峰上的
手，稍一偏斜不仁即
遮天
蔽地

4
庸俗的眸海，舀不到一瓢美。
貪婪的心田，植不出一絲愛。

5
春天不解
是　吾讓詩上了癮
抑　詩將吾著了粧？

6
攜著愛攬勝
步履優雅有韻
山水回饋於
千姿百媚

7 俳句2則
　　(1) 九層塔加蛋
　　　　違章
　　(2) 嘗99.80黑巧克力初戀滋味
　　　　時髦

8
舔滿春光的嘴　無視
那走進屋裡來的月色
猶浪漫哼唱：「玫瑰玫瑰我愛你……」

9
讚詞是天空
柔語為翅膀
有了愛的加持
夢　快樂飛翔

2006.5.15
葡萄園詩刊170期

晨間微風
小詩集

問題

傾斜的司法生苔蘚
架空的民主長銹垢
問題——
不在天地無仁
在顏色作祟

2007.6
創世紀詩雜誌151期

貴婦

高檔的珠光寶氣
鑽石級奢華　茶宴間
慣性　端坐在屬於她們的
銀飾三腳桌椅上　秀出
懸浮的尊榮
上流的庸俗
比炫爭艷

夜色傾斜
玉雕妝鏡前
卸下金鍍的累贅
蒼白的落莫
悄然湧上

2008.11.20
台灣時報副刊

二行詩一束

1
時光，在捷運上縮小，
智慧，於心田裡滋長。

2
情感上認定：
詩，一生最美的戀人。

3
想像著：
「清風湖央揚琴，彤雲髮上曼舞。」
足夠歡樂一整天。

4
坐賞窗外美豔舞姬依風翩翩，
沉鬱的情思，瞬間變得七彩繽紛。

2009.2.15
葡萄園詩刊181期

街巷風景

沒有一絲春風的眼神
戴著二行秋霜的臉譜
漫步於大街小巷
此不期而遇的風景
讓我的背脊滑下
涼涼汗珠……

2009.5.15
葡萄園詩刊182期

晨間微風
小詩集

花語

島嶼有愛
我們依序綻放

庸俗無緣
芳馥施與天聞

政客勿擾
美麗獻給地賞

2009.5.15
葡萄園詩刊182期

小詩（一）

秋夜，微笑的星海
允我垂釣鄉情

2010.6
創世紀詩雜誌163期

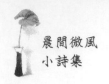

晨間微風
小詩集

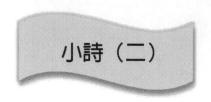

小詩（二）

　　孤獨
　　優雅的　　寂
　　寧謐的　　姿
　　植在心田

　　　　　　　　　　　　2010.6
　　　　　　　　創世紀詩雜誌163期

小詩叢4帖

1
聽風，可意會。
看雲，得用心。

2
彩蝶拈花　　還
曳著春悠遊……

3
春夜
落寞的窗
微笑數星星

4
過去塵煙
未來浮雲
當下美景
快樂暢飲

2011.2.15
葡萄園詩刊189期

晨間微風
小詩集

情人節

今宵
美麗的愛情
變了調
正以另一款舞步演出——
浮雲走過
星月窺見
掉落滿地的青澀果子

2021.3.15
創世紀詩雜誌166期

你在何處

有些唾液
祇信仰一種顏色
有些思維
僅擁抱一款圖騰
它們相招吆喝著潑灑
匯為　傾斜的河流
島嶼站著
你在何處？

2011.3.15
創世紀詩雜誌166期

生活禪

偕旭日晨跑
邀皓月品茗
閱人間真情
賦天地美景

2011.5.15
葡萄園詩刊190期

眸

不風不雨
無煙無塵
澄明而慧黠
洞悉　大千世界裡
形形色色　和
一種意識的詭譎

2011.9
創世紀詩雜誌168期

小詩5帖

1
心房裡盈滿著愛
空不出一絲縫隙
裝飾憂鬱

2
時間之心最公平
其餘的都存有分別心

3
一朵一朵俊秀的雲兒
翩翩然飛臨腳下
你植在心田裡的慈愛
正燦爛開放……

4
心中有愛
詩中有情
皆緣於天地之美

5
富貴盆栽裡的仙人掌
懷念他熱情勤樸的沙漠之家

2012.2.15
葡萄園詩刊193期

島嶼之歌

（創作時間：2019-10～2020-05）

輯一·俳句宇宙

（創作：2019-10）

阿嬤搓揉雕琢的章句
湯圓

與影子一起玩跳格子歡樂時光
曇花

點綴糕餅上的微香珍珠
桂花

陽光眷顧的貴婦
紅玫瑰

愈冷愈綻放的名曲
梅花

黑板上舞爪怪獸
數學題

書包掛在雲霄上看星星
放暑假

御風流動的小小仙子
彩蝶

在天空依風婆娑的萬國旗
晾衣

嚼蒜味口香糖
狐臭

風雨咆哮後再聊
花語

植在水瓶裡的人造花
青春永駐

琴弦上滑落的憂鬱
藍調

滿山遍野翻滾的熱浪
聖誕紅

美好的七彩風景在夢裡
童年

頑童恣意穿林打葉
夏雨

被回收的一段情
失戀

既然搖旗當然吶喊
疾風

頻頻叫喚　親愛的
錢

圓桌上斟滿風的鴛鴦杯盞
冷戰

讓詩上了釣的誘餌
春

酸甜苦辣共桌
初戀

情飛意昂的大眾情人
桃紅

輯二・二行詩世界

（創作：2019-11）

塩

一經雨霑

百饌上味

夢

醒來　已非我

未醒的　迷失的昨日

禪

靜語

流水行雲

爭鋒

謠風蔽天

諑雨暗地

帳

理不清今生怨

償不完前世恩

耳目

聽古鑑今
互通有無

鏡

盤坐懸高皆無礙
晚霞假不了朝曦

讀冊

故事頁頁新
鮮話句句奇

日曆

昨夜舊夢
今朝新戲

風吹

技癢時刻，你
顧得到雲的感覺？

知己

歡愁憂樂
同桌共餐

島嶼景點
　　　民主生鏽垢
　　　司法長苔蘚

　　秋
　　　徐娘慵懶
　　　候鳥憮憮，未粧扮

　　政媒
　　　見風就轉舵
　　　無錨之帆

　　牆
　　　冷漠回應冷漠
　　　無情複製無情

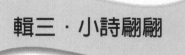

輯三 · 小詩翩翩

（創作: 2019-12）

初春

踮腳玫瑰尖刺上
顛抖抖的小仙子
一季春

貧

網住海洋網不到魚蝦
網住宇宙網不住悠悠歲月

山水

定格的浪
流動的寂
壁上
一幅秀山麗水

眸

慧黠之眸
讀懂星塵朝露的奧祕

歲月

生活上新添一縷雲鬢，
即是努力耘出的智慧。

尖

增一分前傾
減一分後仰
囝仔踮腳阿公肩上
看
　　賽高蹺

仙人掌

荒漠裡
一株孤寂
渴望熾熱的精靈
沐浴

閒

潛航的情意
在繁忙的歲月裡
悄悄竊走——
千絲萬縷的
糾葛

失眠

夜幕低垂
眼睛繼續流浪
一只夢　踽踽
過門不進
一串雨　淅瀝
不請自來

浪花

海深海淺　無涉尊卑
海大海小　不重要
浪花筋斗美不美？
時時刻刻關切的
夢

春光

颼！鏗鏘一聲乍現
回眸　山水攬住了
千姿百態

淚眼

阿嬤乾澀的海
懸念星塵牽掛朝露
苦夜長航中，躍出
如歌的滄桑
晶瑩鮮活……

晨間微風
小詩集

輯四 · 我、影子及其他景點

（創作：2020-03）

我與美為友，影子贊成。
與善同行，影子欣然。

我和影子侃侃而談，
影子對我微笑致意。

我的影子在細雨紛飛的秋夜，
醺然數星星……

我和影子憐惜一尾憂鬱
從雲端上跌落下來的
痛

影子邀我不要參加宇宙內外
無品失德的宴約。

影子說
憂思和愛
是同等量的偉大。

島嶼傾斜，影子偕我果決的
背靠著背，瞻前顧後。

你看清猜透影子的全貌？
我也不了解。

優美音符脫離琴弦，
影子畏懼恐慄的煎熬。

多麼愚蠢啊！
影子清純的眼敲醒戀人睏著的夢。

我和影子冷眼
孤峯頂上呼風喚雨的醜陋行徑。

艷陽下，我和影子一步一趨跋涉，
八千里路的壯舉。

我和影子納悶，揣探
一隻蟹橫行，
許多隻跟從。

影子追問一位紳士
你戴上了面具
就是真實的自己嗎？

小詩六款

1.
螞蟻大軍圍城
大象單騎突圍

2.
繡簾半掩
一抹清輝巧遇
緋夢綿綿

3.
方寸思潮
濺起萬朵美麗浪花

4.
春雨添韻
賦詩
秋月慵懶
入畫

5.
一臉双咀，呷飯噴霧
顛三倒四，混淆春秋

6. 四行辭

虛言浮詞因口嘵，
風清雨妙歸耳淨，
遠峰為丘是眼淺，
諸法皆禪寓心定。

四季小調

（創作：2020-04）

冬雪（二）

漆黑舞臺上
以歌　演一齣
獨白劇
（純淨，無畏窺視）

秋葉（二）

濃情蜜語後
徐娘慵懶，懨懨
唱下來說
「明年見」

夏蟬

舔在高山危枝上
呱噪還天地本色
「熱鬧」

春風

它在那裡？
愛就在那裡。
心弦，溫柔的觸動……

島嶼傾斜，你在那裡？

　　　　油水
　　　　春藥
　　　　你的渴望

　　　　海風吹皺天空笑容
　　　　意識騷擾大地祥和
　　　　歲月困惑是非論辯
　　　　思維糾葛恩怨情結

　　　　不仁畫分
　　　　一端亢奮另端焦慮
　　　　敗德區隔
　　　　肥了政客　瘦了鄰里
　　　　（一幅圖騰，二種唱腔）

　　　　流涎統領虛假議題
　　　　旗手歸隊耀武揚威
　　　　高層以謠諑蒙蔽真理
　　　　大位藉權柄淋灑公義

　　　　無品似潮吮飲造波蜜奶
　　　　貪奢成風竊收金鑽玉雕

　　　　（島嶼傾斜，你在那裡？）

輯五・繁花朵朵

(創作：2020-04)

耕耘一粒種子
育成一座莊園
萬道金色晨曦　普照——
天藍雲霞燦爛耀眼
百鳥巧囀　協鳴合奏
繁花錦簇　枝葉婆娑
人和意美，笑納優雅樂章

◎

不認真的認真是何等樣的生活
百分之百認真不衛生的態度。

◎

無知的自私是普遍的愚蠢。
自私的聰明乃醜陋的高級欺瞞。

◎

音符脫離琴弦，
百鳥遠遁山林，
是對不仁權柄的棒喝

◎

寬恕咆哮肆虐大地的風雨，
那麼惡意欺凌的一撮人呢？

◎

世界儲存不平衡的諧振，
欲望恣意的掀風起浪……

◎

太陽，你是無私的神嗎？
愛才是。

◎

謙虛的接受祝福，
真誠的微笑對他致意

◎

偉人渺小的純樸思維
智慧的昇華

◎

春晨
花香郁郁走近來
人情濃濃唱出來

◎

小，是美
愈小愈美
因為無所挑剔

◎

愛
普照世界每一角落的神

◎

你垂涎權勢
用甜言蜜語冷酷情
他耕耘慈悲
以真心誠意溫暖愛

小小詩卷11帖

（創作：2020-04）

A
花香菓蔬熟　蜜蜜甜
心定而意美　時時樂

B
愁緒剛承租
愛跟著搬進來

C
純樸思緒
乃智慧的昇華

D
我慈悲祝福
你微笑對大地致意

E
影子在前面
正是你背著陽光雲遊

F

天空任意換妝
時間繼續流浪
湖光山色依然
情思被美誘惑
昂然

G

方寸尋覓洞天福地
遠望飽覽牧野田疇

H

與善並行
以愛為友
大同世界之境

I

晨鳥美麗音符
早於陽光照耀人間

J

閱讀情思湧動時一抹孤寂
體察風雨停歇的千朵寧謐

K
太陽，是無私的神嗎？
愛，無可挑剔的惟一。

晨間微風
小詩集

輯六‧星光點點

（創作：2020-05）

1
台北雲低樓高
勤鳥奮力續航

2
春，艷而不嬈
芳郁施與天
美麗獻給地
人人臉上時時樂

3
角度
　生活多彩多姿
　轉換一個角度
　釋放凡情　排除鄙事
　領略優美樂曲

4
詩

符號A、B、C……n
掙扎成一首詩

5
失戀

沉澱沉澱……
淚眼敲醒一段情
絮然回眸
天高
地闊

6
翠鳥

俊秀翠鳥臨風枝椏上
引吭　牠美妙之音
早於陽光沐浴大地

7

風

這多情小子，
趁夜舔吮一地月色，
抹不乾淨嘴上春光……

8

情海無愛

排在櫻脣上最甜的輕語
桃花最紅時，唱給明媚的春天

人和書

（創作：2020-05）

1
羞月流螢
天上人間

2
眼睏
書沉思

3
人香書香
書香人家

4
閱書編書鑑賞
藏書最雅

晨間微風
小詩集

童謠

小猴子
紅屁股
一會跑東
一會跑西
筋斗秀得美妙
秋千盪天高
賞牠蝴蝶花
一朵戴頭上
一朵掛尾巴
變成美猴王
大家笑哈哈

小詩卷

1
植在水瓶裡
不游的花

2
冬夜
獨邀江月
數星星……

3
歲月悠悠……
一尾憂鬱在記憶的長河裡載歌載舞

4
山有有韻，滌心淨耳，
孵得出千幅萬幅的好風景。

5
勿牽掛窗外風雨，日月攜一抹微笑，
心已斟滿澄澈光。

6
萬紫千紅總是禪，我心柔軟，
有一個美麗的夢：天地圓滿。

7
追雲　逐月
人生跑馬燈，可曾攬住一幀美景？

8
坐賞窗外舞姬依風翩翩，
沉鬱的情思，變得絢麗繽紛。

9
豪宅內，遇雙眸睥睨的冷焰
陋巷內，有牽手扶持的溫馨

10
風雨時，蘸墨留景
有夢時，詩句飛行

書後記

調整一向短視的陋習
昂首二十八‧九度前瞻
望見　悠悠遠行的雲彩
感觸　漸漸縮小的時光
笑納　一幅天空地闊的
舒坦

國家圖書館出版品預行編目資料

晨間微風：小詩集／鄧駿福 著. 一初版. 一臺中
市：白象文化事業有限公司，2022.12
　　面；　公分.

ISBN 978-626-7189-25-2（平裝）

863.51　　　　　　　　　　111014539

晨間微風：小詩集

作　　者　鄧駿福
校　　對　鄧駿福、鄧凱如
發 行 人　張輝潭
出版發行　白象文化事業有限公司
　　　　　412台中市大里區科技路1號8樓之2（台中軟體園區）
　　　　　出版專線：（04）2496-5995　　傳真：（04）2496-9901
　　　　　401台中市東區和平街228巷44號（經銷部）
　　　　　購書專線：（04）2220-8589　　傳真：（04）2220-8505
出版編印　林榮威、陳逸儒、黃麗穎、水邊、陳婉婷、李婕
設計創意　張禮南、何佳諠
經紀企劃　張輝潭、徐錦淳、廖書湘
經銷推廣　李莉吟、莊博亞、劉育姍、林政泓
行銷宣傳　黃姿虹、沈若瑜
營運管理　林金郎、曾千熏
印　　刷　百通科技股份有限公司
初版一刷　2022 年 12 月
定　　價　190 元